AF346332

DE LA

RÉDUCTION DES RENTES.

« Retirez le fonds d'amortissement en tota-
« lité et faites-en ce qu'il vous plaira ; mais
« garantissez en même temps que l'industrie
« ne soit entravée par aucune taxe : pour le
« repos des créanciers, pour le maintien
« du crédit, c'est la sécurité la mieux fon-
« dée, la plus durable. » (*Lord Landsdown*,
mars 1830.)

PARIS,

A. PIHAN DE LA FOREST, IMPRIMEUR,
Rue des Noyers, n° 37.
1833.

M. Necker avait parfaitement senti, que la plus pressante des obligations du gouvernement, n'était pas de réduire la dette. « La mesure des remboursemens doit être
« déterminée avec sagesse : il ne faut jamais oublier que
« c'est avec les tribus des peuples qu'on y pourvoit, et
« que les soulagemens dont ils ont besoin sont aussi une
« des dettes du souverain...... »

L'amortissement sera, si l'on veut, la caisse d'épargnes des contribuables ; mais si l'on approuve l'artisan qui dépose à la caisse d'épargnes le fruit de ses économies, on trouverait à bon droit ridicule que la manie de thésauriser s'emparât de lui au point de l'engager à se priver de pain pour y satisfaire.

Par la seule force des choses, une dette se réduit toujours d'elle-même, sans amortissement, pourvu qu'on ne l'augmente pas. L'accroissement de la richesse, l'accumulation constante et progressive des capitaux et des valeurs réelles de tout genre, élevant sans cesse le prix nominal de toutes choses et le chiffre des revenus publics et privés, la dette de l'Etat, représentée par un chiffre constant, décroît relativement dans la même proportion. Il faut donc reconnaître que le temps fait à lui seul, office d'amortissement, et que l'on renonce gratuitement au bénéfice de son action, en poursuivant avec trop de vitesse, le remboursement des dettes publiques.

Il y a plus : c'est que l'exagération de l'impôt que l'on est obligé de maintenir pour précipiter ce résultat, est la chose du monde la plus prompte à paralyser l'essor vraiment libérateur de la population et de la richesse générale. « L'impôt, a dit judicieusement M. Laffite en 1829,
« affecte puissamment la production, en venant s'ajouter
« à son prix. Le milliard perçu sur la société toute en-
« tière, est un milliard ajouté chaque année, au prix de
« tout ce qui se produit et se consomme. » (*Journal du Commerce* du 1ᵉʳ décembre 1830.)

Ministre des finances , 27 février.

« A l'ouverture de la seconde session , je présenterai un projet de loi, qui embrassera un plan de réduction de l'intérêt de la dette : c'est-à-dire , changement des rentes 5 pour cent, contre des effets à moindre intérêt ; et remboursement par série, des porteurs non acceptans, dans un délai fixé.

« La loi qui interviendra , aura son effet, à dater même de sa promulgation. Que gagnerez-vous par l'adoption des amendemens ? D'anticiper de quelques jours seulement sur nos intentions. »

Journal de Paris , 4 mars.

« Le ministre a indiqué un projet de loi , qui décidera de la réduction des rentes. Mais, qu'on se garde d'en douter , le gouvernement ne brusquera point une pareille mesure. Si nous avons bien entendu ce qu'il doit demander aux chambres , c'est la faculté d'entreprendre la réduction d'intérêt , au moment favorable, se réservant d'en apprécier l'opportunité.

« Quand l'opération sera consommée , le pays se trouvera dans une situation telle, qu'elle autorisera , qu'elle rendra nécessaire, le ralentissement du rachat de sa dette. »

A cinq jours de distance, ainsi la presse officielle , vient renier la tribune officielle.

Et cependant , devant l'engagement pris par le ministre , aussitôt avaient été retirés les amende-mens tendant à l'annulation des rentes.

D'après ses paroles, leur adoption ne gagnait que d'anticiper de quelques jours seulement sur ses intentions.

D'après le commentaire, d'abord ces quelques jours, s'étendent à un nombre indéfini d'années : le ministre se réservant de juger le moment op-portun.

Puis , ces mêmes quelques jours, s'allongent encore jusqu'à un nombre incommensurable d'an-nées : le journal déclarant que l'opération doit être consommée auparavant, et ne garantissant pas que la paix et le calme lui laissent un libre cours.

Or , sans qu'il y ait à accuser le ministre de n'a-voir pas rendu la vérité de ses desseins actuels, il faut reconnaître que le journal expose parfaite-ment la réalité des circonstances futures.

La parole s'est bornée à faire part d'une con-ception ; laissant à la plume le soin de rendre compte de l'exécution.

Cette charge était pressante à remplir, s'il en faut juger par l'exorde du journal.

« Il nous semble que le vote , l'intention de la chambre, et les projets du gouvernement, ne sont pas bien compris , du moins en général. »

Jusque-là , rien n'est plus simple, plus natu-rel : mais il n'y a moyen de concevoir ce qui suit.

« Quand l'opération sera consommée, la diminution du fonds de rachats, deviendra convenable et morale. »

C'est-à-dire, qu'auparavant, à présent par exemple, cette diminution serait inconvenable et immorale.

Passe encore la première épithète : cela nuirait à l'agiotage ; cela ne lui convient pas.

Mais comment appeler immorale, une mesure, dont le double effet serait d'alléger le poids des impôts, et de laisser intact, le revenu des rentiers.

N'importe au reste. Un jour venant, la diminution deviendra morale.

« Morale, parce qu'après une réduction, un amortissement puissant ne serait plus que l'*instrument* d'une sorte de violence, envers les rentiers déja réduits, pour leur *extorquer* une réduction nouvelle. »

Instrument de violence : violence pour extorquer : voilà bien ce qu'est, et ce que fait l'amortissement. C'est chose avouée, constatée.

Seulement l'amortissement n'est cela et ne fait cela, suivant le journal, qu'après une réduction d'intérêts du cinquième.

Qu'on se garde de croire qu'avant cette réduction, il instrumente à l'effet d'extorquer.

Ce que c'est que le temps. La même cause, le même effet, demain seront taxés de scélératesse, seront entachés d'infamie : lesquels, aujourd'hui même, sont revêtus du titre de devoirs, sont érigés au rang des vertus.

Suivons le benin journal dans son cours de moralités , à l'usage du fisc de l'an 2440.

C'est Escobard en action ; c'est Fénélon en paroles : il y a due compensation.

« La diminution de l'amortissement donnera aux créanciers, l'assurance de jouir paisiblement de leur revenu. »

Entendons-le bien : il n'est question que des créanciers futurs, que du revenu réduit.

Le tant doux *paisiblement*, ne leur est alloué, qu'au terme de la plus cruelle opération.

Ainsi, la potion calmante n'est dispensée au patient, qu'après que le bistouri a taillé au vif, a extrait la pierre.

« Elle manifestera la détermination positive de ne jamais intervenir sur la place, pour y solliciter *une hausse factice ;* la détermination de laisser constamment le cours de la rente, prendre *son niveau naturel.* »

C'est à dater de telle époque bien lointaine encore, bien incertaine même, qu'il n'y aura plus de hausse factice, et qu'il y aura le niveau naturel.

D'où il appert clairement qu'avant cette époque, à cette heure même, il y a hausse factice, et il n'y a pas niveau naturel.

Confitentem habemus reum.

Or, quel revirement ! l'amortissement est tellement maltraité par ses amis, qu'il faut à ses ennemis, venir prendre sa cause.

La feuille du fisc se trompe du tout au tout. C'est avant la réduction des rentes que doit avoir lieu la diminution du fonds : justement afin qu'il n'y ait point de hausse factice , point d'extorsion violente.

Tandis qu'après la réduction, la diminution ne doit pas avoir lieu : car alors, il y aurait baisse factice et extorsion en sens inverse.

Comment ! avec cet instrument de violence , avec cet engin de fourberie , vous aurez soulevé , enlevé au faîte du pair , ces pauvres 5 pour cent qui n'y peuvent mais.

Et aussitôt rendus au point culminant, vous leur coupez une des ailes qui les aidaient à se soutenir ; puis vous retirez, vous escamotez le support frauduleux qui servit à les guinder si haut.

Disons le mot : c'est voler, dérober, escroquer deux fois, d'abord sur l'intérêt , ensuite sur le capital.

Qu'on ne s'y trompe pas.

Vraiment, l'art fiscal a beau jeu à s'exercer sur des êtres crédules et cupides au même point.

L'art servi par le sort, sera habile à pousser la rente au-dessus du pair.

Même le sort servant l'art, sera capable de l'y maintenir un temps, de l'y fixer, ce semble.

Mais vienne une crise ou militaire, ou commerciale, ou politique ! que devenez-vous ?

Vos 5 pour cent, maintenant censés valoir 120, sont déjà tombés à 75, et, dans ce dernier cas, y tomberaient encore.

Vos 4 pour cent, maintenant censés valoir 96, en ce cas, tomberaient à 60 et plus bas; en tout autre cas, tomberaient à 75 au moins.

Vous remboursez au moyen de ce que l'intérêt est selon vous réduit à 4 pour cent.

Empêcherez-vous qu'il ne revienne à 6 p. cent?

Cela étant, vos rentes nouvelles, dénommées 4 pour cent par courtoisie, obéissant à la loi commune de la gravitation, dégringolent aussitôt.

Les cinq se tenaient au-dessus de 80 : les quatre baisseront jusqu'à 60.

Or, imaginez les suites, les conséquences.

Dans un tel pays, en de tels temps, avec de tels êtres, c'est Regnard qui rend en toute sa vérité, l'image caractéristique de la réduction des rentes.

> Dans mes heureuses mains, le cuivre devient or....
> Et l'or devient à rien.

Encore, dans la comédie, le héros n'arrose pas le jeu, du sang de ses enfans.

On se rappelle la catastrophe de 1825, prédite à point nommé. (*Aperçus sur les trois pour cent.*)

Le pouvoir menace du remboursement forcé : si bien que des sommes immenses, sortent du grand livre, et se jettent çà et là, et se fondent aux trois-quarts.

Puis le pouvoir tente de la conversion libre :

si bien qu'un certain nombre de rentiers, enjôlés, embauchés, perdent le cinquième en intérêt, et ne gagnent point le tiers en capital.

Affreuse catastrophe, qui par la perte des capitaux et la crise de discrédit, fit rétrograder de plusieurs années, la marche progressive de la richesse nationale.

Terrible catastrophe, qui dans l'état d'ébranlement de la société, serait aggravée et prolongée encore.

La voilà sous le rapport économique ; et la voici sous le rapport politique.

On en croira la *Gazette*, ci-devant l'*Étoile*.

« L'opposition combattit le remboursement, comme enlevant des milliards au pays, comme étant le comble de l'iniquité.

« C'est à l'aide de ces prestiges, qu'on souleva les petits rentiers de la garde nationale et les gros rentiers de la pairie ; qu'on fourvoya l'opinion ; qu'on forma une coalition, et qu'enfin on entama la consistance du plus grand ministre qui ait paru dans le pays.

« C'est ce mensonge qui amena les préventions de la garde nationale, les hostilités de la pairie et de la presse, la censure, la dissolution, les élections de 1827, les concessions, les coups d'état, la révolution d'août. » (14 janvier 1852.)

Eh bien ! même cause, même effet.

Qu'on vienne offrir un remboursement de milliards, essentiellement simulé : qu'on vienne prescrire une réduction du cinquième, manifestement forcée.

Et au premier jour, l'un des fauteurs aussi, laissera s'échapper l'aveu naïf : *indè mali labes.*

Après 1825, pas moins que la révolution d'août 1830 : après 1833, tout au moins la révolution d'août 1792.

L'opération césarienne est à exécuter sur cent millions de 5 pour cent appartenant à des particuliers. (*Discours du commissaire* : 25 janvier 1832.)

Cette sorte de rentes est divisée pour 34 millions, entre 200 mille individus, au-dessous de 500 francs; pour 16 millions environ, entre 20 mille individus, au-dessous de 1000 francs.

Et de ces 220 mille individus, environ 150 mille sont habitans de Paris : en sorte qu'y compris femmes et enfans, la moitié de la population est sous le coup.

Et pour chacune des familles intéressées, il y a à perdre le cinquième du revenu, lequel suffisait à peine aux nécessités de la vie.

Et pour la masse des parties souffrantes, ou pour la ville de Paris en bloc, il y a à perdre un revenu net de 15 millions, lequel, à raison de 500 francs par tête, donnait à vivre à 30 mille personnes.

Tellement que l'opération aboutit à ces deux points capitaux.

En premier lieu, de réduire à la gêne ou même à la misère, une forte part de la population.

En second lieu , à rejeter hors de l'enceinte de Paris , une part notable de la population.

Qu'on s'y attende bien.

A l'appel de la presse haineuse et habile , il y aura réunion , discussion , résolution, association *des petits rentiers de la garde nationale et des gros rentiers de la pairie.*

Il y aura coalition de tous les hommes doués d'ame et de sens, ainsi qu'en 1824 de glorieuse mémoire : quand même existerait alors, ou reviendrait enfin, *le plus grand ministre qui ait paru dans le pays.*

Et cela sous la bannière de la justice morale, de la raison politique.

Cela, sous l'égide de la charte , soit de 1814, soit de 1830 , dont s'armait naguère le plus formidable champion du parti libéral.

Certes, on n'aurait pas beau jeu à refaire au dix-neuvième siècle, le fameux abbé du dix-huitième siècle ; au nom duquel, suivant le général Foy, le nom du ministre de 1824 est accolé désormais.

Quelque instinct occulte l'apprend, ce semble. On n'ose pas assaillir de front les palissades de l'esprit public ; on entend plutôt se faufiler, et les tourner, les saper par derrière.

Le plan mis en avant est d'offrir la conversion des cinq en quatre, à 96 , 97, 98, etc. ; et, au cas de refus, de rembourser par série en dix années, en commençant par les plus fortes inscriptions.

Fausses manœuvres ! vaines manœuvres !

D'abord, c'est passer de l'illégalité à l'iniquité.

Suivant l'éloquente parole, tout contrat est réciproque : le débiteur n'a pas le droit de rembourser, si le créancier n'a pas le pouvoir de se faire rembourser.

Suivant l'évidence légale, la dette est homogène, est identique : les rentiers sont des actionnaires à pareil titre. L'Etat ne peut leur faire subir, même par la voie du sort, des conditions différentes.

On opère en dix années. Une, ou deux, ou trois séries menacées du remboursement, se réduisent à quatre pour cent d'intérêt.

Bientôt viennent ou des guerres ou des crises ; et les autres séries délivrées de crainte demeurent à cinq pour cent.

Qui donc peut supporter l'idée que le jugement du sort décide ainsi des existences !

On espère peut-être qu'avant ou après le tirage, toutes les séries, mortellement effrayées que la fabrication vienne à manquer quelque jour à l'émission des quatre pour cent, se jettent impétueusement au devant des offres généreuses, et se battent entre elles à qui palpera plutôt la portion allouée.

Ainsi on serait sauvé.

Même il ne faudrait pas s'arrêter en si belle route : et, sur l'heure, il y aurait à proposer par récidive, la conversion en trois, puis en deux, etc., etc.

Car pourquoi la seconde, la troisième, etc.,

etc., ne serait-elle pas acceptée tout aussi bien que la première ?

Mais le contraire aura lieu.

Qu'on songe donc que de nos temps, comme le jour présent n'a pas de veille, aussi il n'a pas de lendemain.

Un bon tiens vaut mieux que deux tu auras : c'est la devise obligée des siècles de révolution.

Sauf quelques malencontreux compères, ainsi qu'il y en eut dans la conversion de 1825, la première série inflexible, impassible, résiste à signer sa ruine.

Elle proteste contre le remboursement ; elle se refuse au remboursement : elle attend, et voit venir.

Que faire alors ? recueillir les fonds nécessaires, les retirer de la circulation, les retenir à fond de caisse.

De plus, les réaliser en espèces sonnantes, puisqu'en tout état de choses, les billets de banque n'ont pas cours de monnaie.

Enfin, former des offres réelles, suivre l'instance, obtenir un arrêt, effectuer le dépôt.

Or voilà toutes les affaires suspendues : voilà la bourse bouleversée, voilà le crédit détruit.

Et le cours baisse tellement, qu'il n'y a plus lieu au jeu de mots, sur le taux de l'intérêt.

Et quelque révolution surgit, ou sociale, ou politique, ou tout au moins ministérielle.

Qu'on se garde de toucher au pot au feu des Parisiens, disait le chancelier Daguesseau.

Mais à quoi bon conter ces choses, à qui le sait et le sent mieux que tout autre.

On parlera, on reparlera. Qu'en coûte-t-il ? que risque-t-on ? La parole ne mettra pas le feu aux têtes. La parole gagnera quelques votes flottans.

Mais on n'agira pas.

On préfèrera mettre en avant le prétexte, tout le temps qu'il sera donné d'être au ministère, plutôt que de franchir jamais au-delà du discours et de passer à l'acte.

Députés consciencieux, on vous berce de rêves, on vous flatte en idée; et vous laissez tomber vos boules, parfois si cruelles.

Grevez, grevez donc le pauvre peuple, vous dit-on à tout propos.

Seulement de 92 millions nets au 1er janvier 1834, et de 105 millions en 1836, et de 120 millions en 1838.

Autrement, à raison des frais et faux frais, de 110 millions bruts, puis de 125, enfin de 150.

En retour de quoi, il sera octroyé au susdit peuple, en l'an de grâce ***; auquel il ne manque que le chiffre pour fixer sa date, une remise de taxes montant à dix et peut-être à vingt millions.

Ainsi on a trompé déjà; ainsi on trompe, on trompera encore : et cela d'autant plus qu'on se trompe soi-même.

Tant l'esprit humain est sujet à se laisser prendre aux leurres de la vanité !

Mais qu'on apprécie donc l'exemple de l'Angleterre, pas trop déloyale et pas trop maladroite.

Qu'on se rappelle la dépréciation du signe monétaire, valant moitié moins qu'à présent, dans un demi-siècle.

Qu'on reconnaisse l'impossibilité d'éteindre une forte part de la dette.

Qu'on s'avoue la nécessité contingente de la faillite entière ou partielle.

Et qu'on se représente son imminence d'autant plus grande, en raison des frais ruineux de l'amortissement.

Ensuite, qu'on observe la différence de la perte des profits à 8 et 10 pour cent, et du gain de l'intérêt à 4 et 5 pour cent.

Qu'on calcule la différence de progression, à l'un et l'autre taux, par le mode de l'intérêt ou du profit composé.

Qu'on réfléchisse qu'au terme de 40 ans, le premier donne 4 capitaux, et le second 32 capitaux.

Et qu'on comprenne qu'en sacrifiant ainsi le présent, c'est nuire plus encore à l'avenir.

De là, qu'on en vienne à se persuader que l'amortissement n'est qu'un artifice, à l'occasion des emprunts.

Que l'amortissement fourni par l'impôt met arrêt à la production de la richesse.

Que le crédit ne s'établit à demeure, qu'en raison de la richesse.

Et que son cours élevé par force, retombe d'autant plus bas.

Enfin, qu'on entende que tout est relatif en économie politique.

Que l'état prend ici et rend ailleurs, tantôt à tort, tantôt à raison.

Qu'en concédant le fonds d'amortissement, c'est imposer ou prolonger des taxes.

Que les taxes ainsi prolongées, sont les plus iniques et les plus nuisibles.

Que la misère ne paie qu'en déduction de la vie.

Que la loi n'a point de droit sur le nécessaire.

Que la France en haillons est centuple de la France à oripeaux.

Et que la force long-temps enfouie sous l'ombre, menace d'éclater à la lumière.

Du reste, qu'on reprenne en un autre sens, la thèse chérie.

Qu'on amortisse, s'il le faut; mais avec des fonds peu coûtans, avec des biens de main-morte.

Qu'on vende à propos et à mesure, les forêts de l'Etat.

Qu'on se borne à maintenir le cours, à un niveau progressif; rachetant au-dessous, revendant au-dessus.

Qu'on éteigne l'agiotage, faute d'alimens : de manière à renvoyer ses capitaux à la production.

Qu'on se décide en outre à déclarer les rentes irremboursables: de façon à immobiliser peu à peu, toute la dette.

Qu'on agisse ainsi.

Et le cours se tiendra ferme, l'intérêt baissera, le crédit montera.

Il ne manque que de se défaire de la vieille et caduque idée, que de se faire à l'idée simple et vraie.

C'est dommage qu'après s'être mis en frais pour atteindre à l'impossible, on répugne trop communément, à perdre ses avances.

DE L'IMPRIMERIE D'A. PIHAN DE LA FOREST,
RUE DES NOYERS, N° 37.